붉은 폐허

붉은
폐허

김
일
석   시
     집

산지니

　30여 년의 투병, 아내가 쓰러진 지 6년, 핍진한 생애, 그
우울의 행간을 위로하는 유일한 휴식이고 투쟁이었던 시.
온갖 수술과 시술, 중환자실과 일반 병실을 오가며 자잘
한 체념과 소망이 범벅인 나날을 보냈지만, 나는 악착같
이 살아남아야 했다. 적막한 병원 휴게실에서 복도에서 밤
새 눈곱만한 폰 자판을 두들기며 시를 썼다. 시는 유일한
존재 증명이었으며 삶의 이유이기도 했다. 나는 우아하고
고상한 걸 기질적으로 싫어하며 생존을 문학이라는 이미
지 장치에 숨기는 행위를 혐오한다. 나의 시에서 질편한
핏빛 서정을 들어내면 아무것도 없다. 틈틈이 썼던 세월호
연작은 한곳으로 모았고 잡지에 발표했던 몇 개는 죽이고
몇 개는 다시 불러내어 고쳐 수록했다. 내가 손잡았던 슬
픔과 연민에 삼가 이 시집을 바친다.

| 차례 |

시인의 말　005

제 1 부

꽃잎의 분신

늙은 살가죽 비듬처럼
널브러진 어물전 비늘처럼
꽃잎 뒹군다

단 며칠의 환희를
생애의 상징으로 남기려는
숙명을 향한 심오한 서원

스스로 생명줄 놓아
눈부신 소멸에 가닿으려는
저 확고한 분신

손톱

복수할 것도 아니면서
손톱이 자란다
피의 서사를 잊은 손에서

누군가의 조난을 외면했던 손
비상과 추락의 경계에서 멈칫댄 손
엄폐와 묵언으로 뒷짐 진 손에서

손톱이 자란다
더딘 슬픔에 길든 채

횟집에서

소슬바람에 전어회가 생각나
탁자 두 개뿐인 동네 횟집에 들어섰다
물수건으로 낯을 닦는데 수족관 속
우럭 한 마리 무자맥질하며 미쳐 날뛰었다

하나하나 끌려 나간 참살의 각인
손님이 들자 둘러봤겠지

홀로 남아
죽지 못해 살았을 강박충동의 눈
그 비릿한 슬픔과 마주치자 난
옆 수족관의 새우를 달라 했다

나는 개돼지야

내 손에서 짱돌이 사라지고
분노와 연민이 엉킨 전복(顚覆)의 불꽃이
흔들리고 사그라지자
놈들은 대놓고 날 개돼지라고 해
그래 맞아
고개 숙이라 하면 아예 기었고
눈에 띄는 밥그릇마다 핥았거든
먹고살 만하니 난 잘 익은 열매처럼
실실 쪼개며 살았어

너희가 만든 온실의 도덕률은
살이 쪄 더디고 게을러진 내 안의
사분오열을 조롱하더니 이젠 대놓고 날
배만 부르면 행복한 족속이라고 해
그래 맞아
수백의 꽃송이가 수장되고

차벽으로
물대포로
분노와 눈물을 가두고 묶어도 난
지리멸렬의 중심을 세우지 못했거든

평화를 빙자한 음모와 청탁을 보고도
민주주의를 빙자한 범죄를 알게 되었을 때도
뿌리의 절망을 견디며 누군 하늘에 오르고
누군 유서 쓰고 몸을 던질 때에도
울기만 했지 송곳 같은 대척점을 만들지 못했어
우상 앞에 열병케 하고 충성을 강요해온
지고한 개발주의에 굴복하고 아첨했던 네놈들의
무한 노략질을 보고도 핏빛 전선을 꾸리지 못했으니
어찌 개돼지가 아니라 하겠어

그래 씨발, 난 개돼지야

네놈들 식탁의 훈제연어 살점과 브랜디도
네놈들이 주둥일 대고 후까시 넣는 연단도 마이크도
넘치는 여유를 주체하지 못하는 네놈들이
체제의 세작과 흥정하며 '위하여!'를 외칠 때
네놈들이 먹고 마시는 모든 걸 세상에 내고도
난 그저 배만 부르면 되는 개돼지였어

바다를 향한 개울의 꿈을 망각한 나는
눈물, 그 심연과 손잡는 법을 놓아버린 나는
하방의 모든 길을 값으로 매기는 데 익숙했던 나는
조직과 책임을 팽개치고 세상을 부유했던 나는
내 안의 개량과 습속을 깨부수지 못한 나는
끝내 체제의 종말을 노래하지 않았던 나는

그릇

한 번도 쓰지 않은 밥사발과 쟁반들

내 얼빠진 몰입과 흥건한 욕망이 민망하다

도망갈 구멍

열두어 살쯤 되었을까
막다른 골목 담벼락에 등 대고
고양이에 맞서는 쥐를 보았다

정교한 폭력에 눈두덩에선 피가 흐르고
투항이 죽음이란 걸 아는 놈은
목뼈가 꺾이고 내장 널브러질 때까지
드세게 흔들며 엄니로 고양이를 찍어댔고
퇴로가 없음을 깨달은 목숨은 그렇게
강박충동에 헐떡이다 황홀히 아스러졌다

도망갈 구멍이 있는 놈들은
반드시 싸우는 척하다 사라진다

그랬다
이종(異種) 공생과 평화를 말하던 전위가

그 참살의 기억에서
비열한 얼굴로 스멀스멀 기어 나왔다

김치 1.

김치는 홀로 익는다

밀봉된 생애 단 한 번
붉게 붉게 삭아
칼날 앞에 드러눕는 자기 혁명은
영혼에 군내 나지 않도록
철두철미하게 홀로 익는 것이다

김치 2.

난 말이죠 전엔 '군부독재 타도하자!' 구호처럼 식감 맑은 줄기가 시원하고 좋았는데 후줄근한 날들이 흐르고 흘러 요즘엔 어스름한 그믐의 협곡에 접어든 아득한 냉기와 각혈이 들러붙어 볼품없이 범벅된 잎이 더 맛있더라고요

늦가을 풍경

먹빛 거리에
구슬피 이파리 날자
청소부만 바쁘다

눈물조차 켜켜이 말라
만리장천 휘돌다 떨어진 것들이니
슬픔은 슬픔대로 그냥
날리도록 두면 좋겠다

모서리가 닳고
찢어지고
낡은 것들 모두

붓꽃 앞에서

생애가 촌음 같아
뜰아래 붓꽃이 질 때, 아
못내 외롭거나
슬프기라도 하면 어쩌나

봄의 끝자락마다
바다로 떠나기로 한
우리 젊은 날의 맹세는
또 어떡하고

불금의 밤

칠면조처럼
색색이 깔롱거리는 아이들이
맹동 바람에 목도리 휘날리며
밤의 골짜기로 사라졌다

저것들은 까닭 없이
야무지게 살기로 했던 내 젊은 날의
콧잔등을 툭툭 건드리니 아득한
올겨울 불금의 밤풍경이 어지럽다

헛바늘

내 등의 때 내가 밀듯
자생자결의 밥상 앞에선
헛바늘이 돋는다

목 잘린 생명들이
굶고 목을 매는데 나도
뭐든 해야 한다

마담 이 여사

부산역 앞 허름한 지하 다방, 스란치마에 빨간 구두 또 각또각 끌며 "김 사장님 보고 싶었어요.", "어머나, 오늘은 달처럼 뽀얗네요.", 몇 마디 툭툭 던지는 말로 하릴없는 영 감들의 쇠한 관능 데우는 이 여사는 고리타분한 다방을 압도하는 중이었다

볼 발그레한 그 관록의 철학자가 지켜보는 데서 찻값 내 는 동무 앞에 뭉기적거리는 게 체면 깎인다고 생각했는지 연금도 들고 이런저런 보험도 들어두었다며 안전한 노년 을 내세우는 서너 영감의 너스레가 따분했지만 원두커피 밖에 모른다는 마담 입에선 연신 현란한 시구가 쏟아졌다

기나긴 생애의 전장에서 무수한 사멸과 재생의 풍상을 오르내렸을 노인들의 연륜과 상투(常套)를 흔들며 또각또 각 내딛는 이 여사의 언어에는 범접할 수 없는 내공이 번 득였다

오렌지 주스를 들고 와 앉으며 "보험 많이 들어놓으셨
지요?"라고 묻길래 "사랑 말고는 보험 든 게 없어요."라고
했더니 "어머, 약관도 없다는 사랑이라는 보험!"이라 했다
　함박웃음으로 의중을 낚으려는 늙수그레한 여인 앞에
서 일순 할 말을 찾지 못해 막막했다

불량

　내 시의 행간에 은폐한 오랜 상처와 서정은 재화의 시장
에서 완벽하게 버림받았다
　내 사유와 언어는 처음부터 불량이었다

바라보기

사람을 볼 때엔
그 삶의 심연에 닿아야 해
온몸으로 이룬 우주를 흔드는 건
죄질 나쁜 범죄일 수 있거든

저 나무의
원형질을 알기 전엔
너도나도 그저
가만히 바라보면 좋겠어

세월호 연작 1. **비명**

'고장 난 테레비 삽니다.'
'컴퓨터 삽니다.'
'금니 삽니다.'
'중고 세탁기 냉장고 삽니다.'
'쓰지 않는 은수저 삽니다.'

다 산단다
추억도
눈물도
증오와 분노도

촛불 들고 구호 외치다
늦도록 선술집 밝히는 풍경인들 안 그러랴
푼돈이라도 없으면 투쟁도 눈칫밥이다
화냥년 시집 다니듯 체제의 훈육에 일거일래하다
열분(熱憤)의 순간에도

32

촉수를 대는 한 잔의 휴식과 평화도
돈으로 사야 하기 때문이다

노회한 유령이 똬리를 튼, 마치
혁명이 도래한 듯 광장에
대꼬챙이가 된 말씀이 날아다녀도
누군가는 오징어를 씹고
누군가는 돌부처처럼 전화하고
무심히 셔터를 누른다

삼십 분이 지나고 한 시간이 지나
핏빛 공감과 분노가 잦아들 즈음 여기저기
궁둥이 들썩이는 산만한 대열 속에서 들었다

울었는지
눈자위 붉은 젊은이 하나

벌떡 일어서며 던진 외마디 비명을
"씨발, 권력이 어디서 그냥 떨어지냐고!"

세월호 연작 2. 검은 리본

검은 리본을
가슴에 달고 싶지 않아

파랗게 질린 아이가
내 목 껴안고 소금물 토하며
하나씩
하나씩
살아 나오는 장엄을 향해
검은 리본이 아니라
사월로 돌아가 펑펑 울며
눈물을 바라보는 모든
시선의 사멸을 기도하고 싶어

세월호 연작 3. 눈물의 부활절에

아이들아 너희가 부활하렴
꽃으로 살아 돌아오렴
서울 부산 광주 대전의 모든 광장으로 오렴
너희를 살릴 능력도 의지도 없는
저 희멀건 주구(走狗)들에게
팬티 차림으로 뛰쳐나와 병원에 누워
젖은 돈 말리던 우리 안의 선장과 항해사에게
폐에 물이 차 숨이 멎는 고통을 가르쳐주렴

영등시 매서운 바다에 갇혀
죽어가는 아이들 단 한 명도 살려내지 못하는
무능한 기생충들의 가장무도회에서
"내 아이 좀 살려주세요!"
울부짖는 엄마에게 내민 저 태연자약한
손모가지 내리찍고 싶구나

저 손의 품격
저 손의 거짓
저 손의 청탁
저 손의 기록
저 손의 휴식과 노후
저 손의 유전자와 음모를
도가(屠家)의 칼로 처결하고 싶구나
날려버리고 싶구나

이 잔혹한 봄
아이들아
너희가 꽃으로 부활하렴

* 영등시: 영등 할미가 심술부린다는 연중 최저 수온기.

세월호 연작 4. 손에

그라인더 절단기를 들었던 손에
보드마카와 레이저포인터를 들었던 손에
당과 조합의 깃발을 들었던 손에
전대(纏帶) 여닫던 짭찌리한 시장통의 손에
후진 2단 전진 16단 기어를 갖고 놀던 손에
아이 볼 쓰다듬던 아빠의 손에
유동레바 젖히던 철도 노동자의 손에
종일 고객님 돈만 세며 전표 정리하던 손에
문 걸어 잠근 자폐성 이기의 손에
쌀 안치고 숫밥 담던 엄마의 손에
저항의 교양 실천하겠다는 심약한 개량의 손에
주의력결핍과 충동조절장애의 손에
밤이면 탱탱 꼴려 딸딸이 치던 손에
패배의 찌꺼기 소소히 뜨는 술잔 든 손에
폴리스라인 걸으며 침묵의 촛불을 든 손에
대오의 일탈을 경고하는 확성기를 쥔 손에

허공 가르며 날아가
적진 깊숙이 흩뿌려지는 붉은 꽃
이제 움켜쥐어야 하지 않겠니
그 누구든
목숨 대하는 태도가 개차반일 때
몽둥이라도 휘둘러야 하지 않겠니

세월호 연작 5. 피의 전쟁

여보게
저 꽃잎 다 지기 전에
흩어진 살(煞) 모아야 하지 않겠는가
울어도 초점 맞추어 울어야
비명도 적진을 향하지 않겠는가

여보게
숨마다 짠물 켠 아이들
하얗게 끓는 수면으로 떠오를 때
우리가 일군 허구에 대한 참회와
용서를 빌 시간이 끝나고 있었다네
저 거리에 엎드린 노란 허기 앞에
사월 전선의 일진음풍(一陣陰風)을
팽개쳐두고 있을 순 없잖은가

다시 눈물의 부활절에, 아!

더는 관조와 성찰이 아니라
체제의 음모와
출세주의를 직격하는 도발이며
훗날 권력의 참혹한 순례지를 만들
피의 전쟁 말일세

세월호 연작 6. **안데스 지하의 신께**

"엄마 사랑해요!"
"보고 싶어!"

손과 손의
교사(驕奢)한 가치만 아는 황금의 신은
끝내 오열을 비웃으며 굴종을 강요했다

오늘부터 나는
저 절규만으로 땅을 파
지구의 저쪽 안데스로 기어갈 테다
가서, 단 하루만이라도
장엄한 대지의 아들이 지배하는
신화와 전설의 한복판에 엎디어
오, 전지전능하신 지하의 신께
내가 본 슬픔과 분노
모조리 일러바쳐

독사와 거미의 영원한 저주를
눈물로 간청할 테다

세월호 연작 7. 오늘 아침

세월호 여론조사라니?
어느 놈이 민주주의가 다수결이라 가르쳤어?
어느 놈이 시냇물이 흘러 바다로 간다 한 거야?

오천만 명 중
단 한 사람이 곡기를 끊고 울부짖을 때
49,999,999명이 함께 울며
눈물 나누는 게 민주주의야
이 땅은
눈물의 세포들이 일군 곳이라고

뭐, 전망을 잃었다고?
그래서 꽃다발처럼 우아한 거야?
저 슬픔에 납빛 봉투 던지고 웃는 거야?
포식의 여유가 행복한 거야?

그래서 우는 아이 뺨 때리는 거야?
사람 목숨 우습게 보는 거야?
이런, 니기미!

세월호 연작 8. 꽃의 허구

뭐, 꽃들이 무장봉기를 해?
꽃망울 터지는 소리에 귀가 멍하다고?
꽃의 얘기에 귀 기울이라고?
봄의 가난이 아름답다고?

씨발, 꽃이 뭐라 하더냐
푹 삭지 않고 탱자탱자하지 마라
사월은 여전히 잔혹하며 진실은
감금 중이니까

세월호 연작 9. **그런 봄이면 좋겠어**

음모의 수면 켜켜이
파고의 꼭지 꼭지를 되묻고
캐는 봄이면 좋겠어

더는 눈물에 사진기 들이대지 마
권력은 유령처럼 침윤(浸潤) 중이니

아, 슬픔에 관한 무지가 끝나고
원한(怨恨)이 언 땅을 뚫고 살아나는
그런 봄이면 좋겠어

세월호 연작 10. **선무 방송**

시민 여러분
여러분은 지금 불법 슬픔과 불법 분노에 빠져
기원을 알 수 없는 집단 발작을 하고 있습니다
단순 사고에 대한 여러분의 귀납추리는
횡행하는 다수의 오류일 뿐입니다
제발 정결하고 안온한 거리가 되도록 해주십시오
차벽으로 길 막았다고 일일이 따져 묻지 말고
인권 평등 진보 노동 따위의 언어로 윤색한, 저
도발적인 붉은 깃발과 거슬리는 상징 따위 다 접고
위대한 민주주의의 발전을 위해
내인성 고통쯤 삭이고 귀가하는 순종이 얼마나
아름다운 시민 정신인지 보여주시길 바랍니다
광장은 오직 자유의 초록빛으로 홍청거리게 하고
국가와 싸워선 결코 이길 수 없다는
만고불변의 진리를 깨달아
모두 새끼들 기다리는 가정으로 돌아가 주십시오

신문이나 연속극 보며 야식을 시켜 먹어도 좋고
밤이면 아이들에게 고담 전설을 들려주며
집집이 곰살궂은 행복이 창밖으로 새어 나와도 좋고
정히 심사가 꼴리고 쓸쓸한 저녁이다 싶거나
공연히 옆집 사람이 뭐 하고 지내는지 궁금하거든
동네 고깃집이나 선술집으로 가서
모태 배역의 죄 둘러업은 몇몇 철새를 안주 삼아
폭탄주로 술렁거려도 아무 문제없으니 부디
알아서 기는 선량한 시민이 되어주시길 바랍니다
이상!

세월호 연작 11. 아이들이 본다

아이들이 본다
더는 자책하지 않으려거든
체포영장을 받더라도
압수수색을 받더라도
저 차벽을 넘자
불태워야 할 국가의 상징이며
지배계급이 쌓은 마지막 바리케이드를

아이들이 본다
죽음의 행렬 끝장내기 위해
저 차벽을 넘자
그리하여 저곳에
한 자 한 자 또렷하게
절망을 새기고 위령의 시를 쓰자
그리움의 만장을 내걸자

저 통곡의 벽에
대통령도
장관도
시장도
그 어떤 공복도
생명을 섬기지 못하면 즉시 쓰레기임을
피로 새겨 선포하자

세월호 연작 12. **복수하는 날**

썩은 송장들이 꿈을 말하니
노란 분노가 깊이 깊이 침몰한다
얼마나 더 보고 들어야 할지 오늘도
눈물의 모가지 지그시 밟고
치국평천하니 뭐니 낄낄대고 있으니
왜 이리 벅차고 힘겨울까
민중의 가슴팍을 파고드는 서늘한 비웃음
눈물의 멱살을 추켜잡은 저 흥정의 손들은
견딜 수 있으면 견뎌보라는구나
그러나 우리의 투쟁은
거짓과 죽음을 사주하는 기나긴
음모의 시간을 견디며 가로질러 왔다
꽁꽁 언 강이 어찌 흐르는지
겨울 들판에 봄은 어찌 오는지
첫걸음 떼는 아기처럼 또박또박 배워
짐승의 시간을 습격할

단 하루의 반역을 준비할 것이다
진실이 복수하는 날을 기다릴 것이다
그날이 오기 전에는
폐허 위에서 더는 울지 않으리

홍대 앞에서

저 교차로 모퉁이 풀빵 장수가 번듯한 점포주가 되면
창으로 스미는 아침 햇살이 얼마나 보드라울까, 단칸방에
살다 내 집에 살면 조선일보가 영화보다 더 재미있겠지,
앞집 옆집은 물론이고 저 윗동네 앞마당을 엿보며 참견하
는 재미가 온몸을 콕콕 찌를 테지
굶주림이 오래고 깊을수록 한 번의 만찬을 꿈꾸는 게
인간의 본성이지, 어느 가을 구절초가 꽃이 되어도 길섶에
있고 유목(幼木)이 고목 되어도 숲에서 살 듯 표층 내달리
는 고등어 전갱이가 제아무리 잘난 척 지지고 볶아도 멸
치 떼와 어울려 바다에 살듯 내 살아보니 단칸방 냉골에
서 아늑한 킹사이즈 침대로 전이한 잠자리의 궤적을 사람
들은 쉬 잊더라고

자유가 입덧하는 저녁 홍대 앞 아이들
레드와인 향 번지는 시장경제에 섭슬려
쇼 윈도우 앞을 떼 지어 배회한다

거리에 엎드린 비렁뱅이도 없고
자선을 노래하는 딴따라도 공장도 없는
그저 먹고 마시고 떠들고 욕하는, 내일의
궁리조차 없는 이 거리가 급성절망증후군에
폐허가 되어 무너지고 있다
물론 모진 인생도 유쾌할 수 있고
청춘의 몸짓이 아름다울 수도 있겠지

　그러나 어느 날 깔깔거리며 헤엄치고 다녔던 너희의 해
방구가 족쇄를 차고 철퍼덕거렸던 체제의 진창임을 알게
될 때, 이 서울에 백 층 넘는 호텔과 칠팔십 층 넘는 아파
트가 넘친다 해도 네 인생이 왜 홍제동 비탈길을 한숨과
넋두리로 오르내려야 하는지 알게 될 테고 동네에 근사한
놀이터가 생겨도 너희가 그리 살았듯 네 아이들의 욕망과
절망은 대를 이어 홍대 앞을 밝힐 것이다

그제야 고백하려나
"삶은 늘 올챙이처럼 위태로웠어."라고

허나 불콰한 아이들아, 만에 하나 저 쇼윈도의 상징을
모조리 박살내고 즐거워 까르르 넘어가는 애들의 뒤통수
를 후벼 파는 대오각성의 해일이 "꼴리는 대로 사시길!"
따위의 자유주의 언사를 어떤 죄목으로 걸어 일일이 가두
지 못한다면 눈곱만큼의 희망도 접어야 할지 몰라
체제의 유령이 만든 물신의 거리를 싸그리 골 청소하는,
무산계급의 치밀한 독재를 상상하지 않으면 너희의 모든
꿈이 절뚝거리게 될 거야

제대로 사랑할 줄 모르면서
허구한 날 잔액 확인하며
카드 한도 내 무던히 쾌락을 좇은 죄

어설픈 '살이'로 일관하다 결국
똥고집의 원로가 된 죄
볼품없이 쪼글쪼글한 퇴물이 되고 만 죄
나중에 다 어떡할래?

꽃의 시

아내가 운동치료실을 돌 때
비 내리는 창밖을 보며
꽃의 시를 쓰고 있었다

끼적였던 몇 줄 위로
가는 빗방울이 톡톡 튀자
한 방울 한 방울
눈물 꽃으로 피어올랐다

행간마다 눅진눅진한 슬픔
흠뻑 젖게 두고 싶다
살아야 하니까
눈곱만큼이라도 젖어야 사니까

제 2 부

우물

깊은 바닥에
생애를 걸고 뿌리 내리지 못해
부초처럼 순응하며
동요 없이
보고 듣고 말하는
위태롭지 않은 것들의 눈빛엔
우물이 없다

엄마 냄새

된장찌개 속
작은 미더덕이 톡 터질 때
목구멍 저 안에서
엄마 냄새가 복받쳤다

그리움에 흔들릴 때마다
엄마의 잔소리를 듣는다

노르웨이 숲

　나무 한 그루 없는 도심 아파트에 노르웨이 숲이라 이름 붙인 건 불안이라는 그늘에 연초록빛 체제의 환영을 새기고 싶었기 때문이리라
　적당한 공감과 혀 꼬부라진 언어로 무고한 생명을 날조하는 건 허명의 곳간을 터는 그들의 방식이다

　오랜 풍우 견디고 선 나무의 정신이 아니라 그럴싸한 이름 몇 자로 뜬금없이 고매해지려는 건 조롱이 아니면 사기다

빗방울

사랑하면서도
그대를 적시지 못하는
불가항력의 슬픔처럼
제 몸 무거워
먼저 떨어진 빗방울은
가장 먼저 마른다

근원을 알 수 없는
투명한 우울로

봄밤

집집마다
봄맞이 떡을 치니
온 마을에
발기부전의 꽃망울이
툭툭 터지는구나

춘음의 정염조차
떨리는 몽환이기를

꽃으로 뒷물하는 봄밤
부디 세상 과부 홀아비들
황홀에 무너지길

간여

　등대를 장악한 놈들이 구호 외치며 황홀한 유영을 계
속할 때, 저수온의 남해동부 해역은 고립무원의 난바다가
아니었다
　좌사리도와 국도 사이 물길의 거대한 군집의 간극은 방
어 숭어 고등어가 꼴리는 대로 혼음하며 누구에게도 배운
적 없는 관습법과 자연법의 존엄을 실증하는 호쾌한 무도
장이었다

　　외로운 물골에 숨어 살지 않아도 되고
　　하늘에 올라 눈물 밥을 먹지 않아도 되고
　　등본이나 가족관계증명서를 달라고 하지 않는 곳
　　차벽도 물대포도 무전기도 없는 그곳은
　　은빛 반짝이는 유토피아였다

　　추우면 추운 대로 따시면 따신 대로
　　존재의 경멸과 혐오 대신

위로와 존경을 숭배하며 무시로
물비늘 뚫고 일제히 튀어 오르는 생명감각의
거대한 혁명 기지였다

* 좌사리도 · 국도: 통영 앞바다의 섬 중 육지와 가장 멀리 떨어진 섬

웃지 마라

간에 바람 든 놈처럼
덧없이 웃지 마라

어떤 경계에서
스스로 젖지 못한 채 그 흔한
찰나의 즐거움으론
어디에고 닿을 순 없을 테니

착점

투쟁과 도피의 양단이 안 보이는
대마가 지루한 몰골인 건
아직 죽지 않았기 때문이다

얏구멍에 채운 나무를 적셔
수억 년 관록의 바위를 쪼개듯
미생(未生) 대마의 꿈은 한 판 오지게
생애를 뒤집어엎는 일이다
그것은
가진 자의 꽃놀이패, 그 끊임없는
수모에 수족 다 바치면서도
적의 심장부 착점(着點)에
온몸으로 칼을 꽂아야 하는 이유

* 얏구멍: 정으로 바위에 뚫은 구멍

나비

고속도로 달리다
하얀 나비를 보았다

질주하는,
언제나 무엇을 죽일 수 있는
가진 자의 무례함

나는 핸들을 꺾었고
휘청거리며 나비를 피했다

나의 바다로

날 찾지 마
행여 비 내리고 바람에
무너져 내릴 때

그런 날엔 내 생애
사라져버린 햇살 저미며
견딜 수 없이 무거운 침잠과
슬픔 발라내며 난 외로이
눈물의 항구에 정박 중이거든

울다가
울다가
그예 다 토한 뒤
실어(失語)의 닻 올릴 때
그때 나의 바다로 와

묻는다

　이파리 거나한 놈 볼품없는 놈 둥근 놈 모난 놈 화려한
놈 무색한 놈들과 어울려 대가릴 쳐들며 싸우거나 불면의
밤조차 없었던 네게 묻는다
　내력이 있어야 견디지, 마음에 그늘진 방 한 칸 없이 언
제고 일어서리란 충동이 얼마나 허망하던가

　묻는다
　알아서 길 건지
　일어나 달릴 건지

역류

    만원 버스에서 담배 피우던 대가리 피도 안 마른 것들은, 짭새와 숨바꼭질하던 장발의 청춘들은, 나신의 질주에 목말랐던 자유주의자들은 지금 어디쯤에서 헛헛한 강박 벗어던지고 있을까

    밤마다 마을버스 세워 삥 뜯다 수틀리면 깔창 내리찍던 건달들은, 영선동 바닷가 소줏집 작부와 사랑에 빠졌던 그들은 지금도 아릿한 연정 소진하고 있을까, 어느 들판으로 골짜기로 역류하고 있을까

어느 겨울의 오체투지

1.
꽃을 본 적 있느냐
보았습니다
무슨 꽃이 가장 아름답더냐
사람 꽃이었습니다
사람 꽃이란 게 무어냐
땅에 엎더져 피는 하얀 꽃입니다
그 꽃은 언제 피는 꽃이냐
비애와 분노로 사시사철 핍니다
어디서 피고 지느냐
오직 그늘에서 피고 집니다

2.
기다랗게 엎디어
체제의 정수리를 향해

하얀 꽃들이 긴다

낮게 더 낮게
차갑게 더 참혹하게
한 걸음에 한 번의 침묵으로

거대한 숲의 조롱 견디며 오직
눈물을 향해 기는
그렁그렁한 꽃들의 눈

3.
향락에 빠진 체제의 배설물이
꽁꽁 얼어붙은 보도블록 위
발끝에서 이마까지 흠뻑 젖은 저
강고한 꽃들의 오체투지야말로

수억의 눈 달린 물처럼
더 낮고
더 넓게 번져
땅에 입을 대고 엎드린 침묵의 언어가
해고와 폭력과 비정규 노동을 틀어쥔 놈들에겐
두려움의 뿌리가 될 것이다

아, 하얀 꽃들이여
이 겨울 거리가 얼마나 엄숙한지
몸 일으켜 세상에 선포하라!

4.
풋내나는 이파리들은 가지를 벗어나자
즉시 허공에 투항했다
몸의 언어를 잃은 것들이

'나는 바람이 불 때도 나무를 사랑했네.'
'나는 햇살과 함께 뜨거웠네.' 노래할 때
목숨의 원형질을 지키려는 하얀 꽃들은
꾸역꾸역 겨울 거리를 기었고
그건 마지막 언어였다

지진(地震)

센텀으로 통하는
모든 도로가 갈라지고 무너져
가난이 발 디딜 수 없었던 저
거대한 특권의 요새가 고립될 때
역사의 어느 지점에 찬동하는지
내게 따져 물으며
건너갈지 돌아갈지 결단하라 했던
온갖 공갈도 일거에 무너졌다

수영강 하구, 그
눈부시게 반짝이던 모래톱에
내가 입지 않는 옷을 입고
내가 먹지 않는 음식을 먹으며
소유를 훈육하는 재미로 살고 싶어
조개와 철새 보리멸과 숭어를 내쫓고
바다를 틀어막아 우뚝이 신세계를 건설한

저들의 질긴 신념과 꿈이 드디어
오롯이 가두어진 것이다

이제 저들을 옭아맸던
체제와 욕망의 용적률이 고립되었으니
비대한 집단 무의식의 추이를 볼 것이다
흔들리고 끊어지고 무너져도
교양과 품격의 선무방송을 계속할 건지
지고한 덕목이었던 소비의 앞섶은
여전히 떨리고 꼴리는지
무너진 가슴들은 어찌 손잡는지
분열하고 살아남는지

전관수역을 치자

볕 잘 드는 곳에
끼리끼리 아우러져 붙박이가 되거나
물결에 떠다니거나
민중의 본태성 가난과 면역결핍을 희롱하며
제멋대로 배타적 전관수역을 그어
도륙을 일삼는 족속들이 있다

개새끼들
마릿수로 거들먹거리다 몸만 키운 놈들
배고프면 제 아가리 처넣기 바쁜 놈들

이제 전관수역을 치자
깃발 하나 붙들고 꾸역꾸역 거리를 기다
놈들의 조롱에 무너지며 얼마나 아팠더냐
얼마나 서러웠더냐

인간의 대척점, 저 무성한 관목림을 향해
잡풀이 되어 솔가리가 되어
맹렬히 연소하여 숲의 성자가 되자
불꽃이 되어 놈들의 아가리를 직격하자

개량과 분열을 사주하는 놈들이
허구한 날 전망을 말해도
희끗희끗 웃으며 선거와 자유를 말해도
뒷골목의 질펀한 향락과 배설을
낭만이라 묘사하는 개새끼들을 향해

그래, 어떤 교양도
엄숙도 찢어발겨야 한다

목 잘리고
쫓겨나고

하늘에 오른 노동의 비애
그 외로움과 눈물의 의미만큼
저 반동의 요새 전관수역을 치자

식물의 삶

샤워기 물줄기가 피부에 닿자
잔잎 우수수 떨어졌다
그랬다, 심부에 의탁하지 못한
우발적인 이파리들은

사는 일이
낯선 밤길에 쓰러져 꾸는 꿈처럼
심연의 뿌리로부터 빨아올린
헛헛한 몸부림이었다

속절없이 꽃이 핀들
어디고 떠날 수 없는 식물의 삶
만난(萬難)이 여기였으니
내 마지막 기도도 여기

상처

눈물의 시 난장에 펼쳤더니
사지도 않을 사람들
하나둘 배시시 웃으며 지나고
공치고 돌아올 때에야
내 시의
모든 상처는
고스란히 내 것이 되었다

나무의 묵언

슬픔이 습격한 폐허에서
실낱의 숨결 가누며
기도로만 견딘 날이 있다

저지난밤
옹색한 분(盆)에 뭉개고 앉아
말문 닫은 작은 나무들
내가 안타까워 묵언일까

그리운 섬

지난 밤 허무가 둥둥 뜨던 주막에서도
무지막지한 그놈이 그리웠다
내 낚싯대가 비명 지르며 처박던 갯바위와
송두리째 넋을 앗아간 점점이 섬들, 그
헐떡이던 바다가 그립다
지난 여름부터였다
수영여를 휘감는 호쾌한 본류대와
가소로운 숭어의 비상을 피해 바닥을 긁던
그날 수면을 뛰며 코앞에서 날 조롱하던
놈들의 군무가 그리워 미치겠다
몇 번째였던가, 걸었다 하면 터지는 홈통
흥분을 감추지 못해 날뛰던 푸렝이여밭
백 미터나 끌고 간 채비가 출렁이고
거친 숨 몰아쉬며 꼬꾸라진 대 처들고 춤추던 곳
아, 사자꼬리가 내뱉던 태고의 물발이 그립다
아무도 찾지 않는 얕은 몰밭 귀퉁이

끊임없이 수중여 뒷등으로 처박던 신비
물보라 뒤집어쓰며 앉았다 일어섰다
온몸으로 버티다 팡팡 터져나갔던
퍼들퍼들한 생명의 다무래미가 그립다
떠내려가는 가방 홀치며 배터리 다 닳도록
통화 버튼을 누르며 숨넘어가던
직구도 골창의 틈바구니가 그립다
뒷바람에 위태롭게 섰던 테트라포트
반타작도 힘들었던 부시리와의 한판이 그립다
야트막한 구릉 들쑥날쑥 자란 풀과
키 작은 소나무가 있는 미학의 언덕배기에
옹기종기 둘러앉아 날 데운 양철지붕과
햇살 반짝이는 연갈색 억새밭, 그 심오한
섬의 연륜과 해거름녘 그림자가 그립다
누구네 수퍼 누구네 민박의 투박한 간판 글씨와
늙은 포구의 덕지덕지한 가난이 그립다

목숨 걸고 바늘털이 하는 농어 떼보다
그곳 얼굴들 하나하나 보고 싶은 가슴앓이가
습자지처럼 차곡차곡 쌓여 굳어버린
아득한 원시의 풍경과 수렵이 그립다
예쁜 색시와 까르르 웃으며 샛말 들어서던
투박한 꾼의 새벽잠 설치던 몸짓과
뜬금없이 바람 부는 섬으로 끌려와
파도와 어울려 살며 뒷동산 억새처럼 자라던
천사 같은 그의 아이들이 그립다
늘그막에 섬으로 들어와
달통한 낚시세계를 침묵하던 사나이와
노래미 고등어 감생이가 떨어지지 않는 밥상을
끼니마다 내던 그의 상냥한 부인과
문 앞을 지키며 꼬리 흔들던 진돗개도 그립다
구수한 언덕길 터벅터벅 오르다
사특(邪慝)하지 않은 섬의 얼굴들과 꼭 닮은

집과 지붕, 허름한 고깃배와 대나무 끌대, 그리고
섬을 닮은 녹슨 자동차와
늙수그레한 운짱의 살가운 언어가 그립다
그리워 미치겠다

음모

    당신을 향해 단 한 번도 음모를 꾸민 적 없는 내 결핍의
서사가 당신의 조밀하고 거대한 구상이라 해도
    내 안의 당신이
    내 안에서 무너지지 않도록
    끝내 견디겠나이다

고해(苦海)

내 사랑을 묻지 마
내 사랑은
어떤 시구(詩句)가 일순간
영혼에 흡착하는 공명 같은 거였어

별의 반짝임만 찬양하는 허풍선이들은
사랑이 아름답다 했지만
깊은 우물의 보이지 않는 곳엔
물을 빨아들이는 숙명의 통로가 있듯
내 사랑은
처음부터 거역할 수 없는
거대한 진동이고 고해였거든
어찌할 도리가 없는

몸의 언어

낮게 깔린
한갓진 녀석의 말에 난
아무 말 않았어

곧 질 날을 아는
활짝 핀 꽃의 비명 같은
몸의 언어가 아니었거든

등 따시고 배부른 것들이
괜스레 굼뜨고 언어도 침잠한다는 걸
생애의 모퉁이마다 체득했거든

붉은 폐허

순정한 그대의 성은
불타고 있었고
내가 타지 않고는 그곳에
닿을 수 없었다

불붙은 나뭇등걸이 되어
그대를 향해 뿌리 뻗었으나
내 사랑 가닿는 곳마다 훨훨 타올라
노상 폐허가 되었다

생애 마지막 영토이리라
그대에게 바치는
내 사랑이 소진한 눈물의 자취
그 붉은 폐허는

적의 소굴

내 언어는
적 앞에서 흔들렸다
사는 게 늘 그랬고 난
그게 서러웠다

세상을 표류하던 내
언어의 뗏국이 발견한
적의 소굴은
늘 나였으므로

교환

  고기도 익고 술도 익으니 상추 좀 더 주이소 김치 좀 더
주이소 연신 불러대며 해치우더니 지폐 두어 장 건네고
끝이다

  게트림하며 문 나서는 저들 중 등가(等價) 인식의 오류
그 혐오의 교환을 누구도 의심하지 않는다

장물

내가 노래한 꽃도
사랑과 투쟁도

누군가의 눈물로
목숨으로

움켜쥐었다 내려놓은
비릿한 장물이었다

가물치에게

힘없는 피라미들 덕에 그리 게을러도
바닥의 뻘 헤집으며 탱자탱자 살았겠지
네놈의 잿빛 배때지는 존재의 전이 꿈꾸며
한량없이 처먹었던 변태의 흔적일 터
애써 누군가를 먹여 살려본 적 없는 네놈이
바닥의 미력한 생명들에 훈계하며 살았으니
오늘, 아낙의 함지박에 담겨 뭍에 오른 네 이놈
더는 미끈거리는 대가리 쳐들지 마라
밀행의 생애 끝낼 땐 장엄한 품이 있어야 하거늘
목숨 다할 때까지 주둥이 처닫아라!

질긴 살점

생선구이를 뜯는다

연안 수초대에서 온갖 잡어의 희롱을 피해 살아남기 위
해 목숨 걸었을 네 생애의 흔적, 그 엄숙에 연민의 촉수가
닿았다

거센 파도와 해류에 떠밀리다 무시로 뻘밭에 처박히는
모욕 견디며 부단히 여닫았을 아가미뚜껑의 질긴 살점에,
아!

얕은 여밭의 잡식성 문화와
밤바다가 상징하는 불가지(不可知)의 세계
식민지였을 양식장 그물 바깥을 떠돌며
그리도 몸부림쳤구나

* 여밭: 수심 낮은 연안 암초지대를 일컫는 뱃사람들의 언어.

고등어 1.

어물전에 쌓여 메슥거리는 비린내에 버석버석 날리는
비늘과 지느러미, 엿등 휘감으며 바다 호령하던 살진 몸,
핏발 세워 대양 휘젓던 사체들의 질펀한 굴복이 헛헛하다

이 치욕의 뭍에서
나라고 짐승의 아가리에
무시로 모가지를 넣었다 뺐다 하는 게
어찌 서럽지 않겠느냐

* 엿등: 거뭇거뭇 드러난 암초의 등을 일컫는 뱃사람들의 언어.

고등어 2.

사는 게 낯설어
거울에서 비린내가 난다

바다에 사무쳐
도마 위 혼절한 생애의 무지
또는 핏빛 각성 같은

뿌리의 침몰

주린 승냥이처럼
외로움이 습격할 때
나는 산발한 채 땅 헤집는
뿌리 되어 흐느낀다

오늘 밤
새순 내뿜는 가지와
가지를 스친 바람과 이슬이
지척에서 삭이는
암흑의 고초를 알까 싶어
슬픔으로 침몰 중

외경(畏敬)

쓸쓸한
묵상의 시간

거르고 거른
순박한 외경

그대 실다운 제단에
오롯이 바치며

편지

  어느 봄날 갓 지은 호박죽 같은 시 한 편 봉투에 넣어
그대 잠들기 전 아련한 그 성지에 부치고 싶다

  한 자 한 자
톡톡 떨어질 때마다
그대 머리맡에 울컥울컥 번질
한 방울 한 방울의
지독한 그리움을

아시나요

그대 만나 뭇 생명과 어울리며
여울이 되어 노래하고 싶었습니다
나의 고백이 빛바래지 않도록
설렘과 기쁨으로만 살고 싶었습니다
그대 기다리던 어슴푸레한 저녁의 빛깔과
긴 생머리의 은은한 출렁임에 취해
살며시 웃는 미소 너머로 영원히
떠안겠다는 결단이 단 하루도 나를
흔들지 않았던 날 없었습니다
어느 겨울
마른 가지처럼 뚝 부러져 우는
그대 눈망울을 바라보아야만 할 때
우리 처음 만났던 날의 설렘이
고등어처럼, 여태 퍼들퍼들 살아 나를
고난의 대양을 헤엄치도록 담금질했음을
아시나요

순결의 신비에 대롱을 꽂던 날
나무의 생육사(生育史)를 떠올렸으며
진화의 성여에 메스를 대던 날
길섶 작은 꽃의 향기를 생각했습니다
절벽에 아스라이 매달려 있을 때에도
살아 있음에 감사의 기도를 할 수 있었습니다
경박한 자들이 지천으로 시시덕거릴 때에도
순정을 조롱하는 모든 비열(卑劣)을 견디며
걸음새 뜬 소처럼 한결같은 침묵으로
슬픔의 저면을 지키고 싶었습니다
아시나요
단 한 번도 후회하거나
흠모하지 않았던 적이 없습니다
삶의 팔 할이 눈물이었지만
그대는 나의 빛나는 시였습니다

반성론

1.
나무라 해서
꽃더러
반성하라고 하지 마

모두가 쓸쓸함 견디며
고요한 숲에
버려진 존재인 걸

2.
한때 파리의 구석진 다락방에서
절망했다는 늙은 피카소가
죽기 전 열아홉 소녀와 살았다 해서
남을 돕는 행위가 진부하다 했던 그가
이기적인 공산당원이었다 해서

밤마다 이념의 우울과
매음(賣淫)을 그렸다고 해서
반성하라고 하지 마

길의 경계에서

길의 경계에 섰을 땐
쪽문 안 미망(未亡)의 길로
주저 없이 가리라

너른 데서 어정거리다
꽃피고 지지 않는 하늘 찬양하느니
발아래 작은 것들에 마음 쓰며
꾸역꾸역

좀 고달픈 길이면 어때
시냇물처럼 찢어져
굽이굽이 형극의 길이면 또 어때

기억의 편린

어느 밤 날 잡아
하얗게 태우든
무너져버리든 해야겠어

밤길 걷는데
뒷덜미를 습격한 기억의 편린에
걸음걸음 눈물만 나

붉은 대게 이야기

영하의 겨울
동네 입구 하얀 김 나는
트럭 위 소복한 대게 더미에서
비릿한 절망이 흩날렸다

만물을 상품화하려는 체제의 통발에
알래스카 연안이나 베링 해
동해의 수중잠 풀밭을 노닐다 끌려온
그것들의 슬픔은 붉었다

아들딸 낳고 떵떵거리며 살다
난데없이 존엄을 압류당한 채
얼어붙은 사체가 되어
가난의 곁으로 오게 된 것이다

자유의 대륙붕을 헤집었을 긴마디 힘살은

쪼그라들 대로 쪼그라들어
왜소한 몸뚱이 어느 한 곳도
생명의 서슬이 없었다

집게다리에 뽀얀 살 조금
등딱지를 반으로 뚝 분질렀더니
새끼들과 살던 바다가 그리웠겠지
서서히 얼며 흘린 생애의 자책이었겠지
견디고 견디다 쌓였을
하얀 울분이 주르르 흘러내렸다

순자 누나

내 이름 부르는 누나 목소리
산동네 내달리던
고저와 셀렘 그대로다

식은 밥 말아 된장에 풋고추 찍어 먹으며
"누나, 고추가 참 맛있네."라고 하니
밥상에 구봉산 자락의 안개가 몰려왔다

"일석아, 많이 먹어."
할머니가 된 순자 누나의 입에서
초량 4동 산의 10번지
돌담에 숨겨둔 십 원짜리 종이돈이
포시시 떨며 날렸다

목욕탕에서

발뒤꿈치 굳은살을 돌로 밀었다
손 닿지 않는 등도 밀고 사타구니도 밀었다
때를 미는 일은 철두철미한 자기 제의(祭儀)이고
스스로 감내해야 하는 초월의 세계이다
그래서 하는 말인데
목욕 갔다가 때도 밀지 않고 나오는 놈은
누군가를 족쇄에 채워본 적 있는
질 나쁜 반동의 끄나풀일지 모른다

오징어

집 앞 평상에 앉아
맥주 한 잔에 오징어를 뜯는데
명치끝이 뻐근했다

가만가만 자라는 속뼈
눈물로 퇴화 중인 살기(殺氣)
뼈도 없이 견딘 세월
그 얼마나 찢겼던가 싶어

시인의 덕목

시인이라 부르지 말아요
체제의 물발에 하늘거리며 몸 싣는 이가 시인이며
고난의 노동을 연민으로 바라보며
음풍농월(吟風弄月)하는 사람이 시인 아니겠어요
말랑말랑한 언어로 툭하면 사랑을 노래하고
'아니오'라 해도 따지고 보면 '예'라 하는
맹목의 황폐함이 시인의 덕목이지 않겠어요

자기애의 골방에서
사적 자유와 비애의 행간을 박박 기는
경계선 인격의 헛헛한 결핍이
시인의 덕목일 순 없잖아요

자지

오늘 아침
뜬금없이 기립한 자지가
얼마나 황송한지

슬픈 자지여
지지리 왜소한 그 기세로
혁명을 모의하거나
꿈결 바다 헤엄칠 것도 아니니
음충맞게 쳐들지 말고 그저
고요히 무너져다오

강박성 장애

눈곱만큼의 평화조차
이리 뜨거워야 하다니

삭이기만 할 게 아니라
언제 폭탄처럼
한 번 터지고 볼 일 아닐까

순종

각혈을 하며
25년 늙은 몸 일으키는
겨울의 네 순종에 미안타

채 타지 못한 소음기의 토혈
번지는 파란 연기가
배신하지 않고 살겠다는
엄중한 고백 같아서 더욱

제 3 부

기쁨의 시

당신이 무너질 때
우리가 나눈 막막한 속삭임과
설렘이 추락하지 못하도록 나는
온몸으로 우주의 압력을 견뎌야 했습니다
주삿바늘을 찔러도 꿈쩍하지 않는
당신의 몸이 얼마나 슬펐던지
거드름 피우던 옆 침상 할머니가
아들 자랑 늘어놓을 때도
기억의 궤적을 연상하고 지키느라 내 머릿속은
격렬한 소요(騷擾)가 계속되었습니다
너무 깊이 울었고 절망했기에
더는 우울해하지 않으려 몸부림쳤습니다
한순간에 사라진 당신의 몸짓과 언어
순결의 빛을 찾아내는 일은
나의 혁명을 지키는 일이었습니다
심각한 상태라는 기저부 뇌출혈과 뇌 대동맥류

심장 콩팥의 내분비계 부조화를 말할 때
위험 수술 생명 생존율 동의서 사망이란 언어들 중
생명 하나만을 가슴에 담으며 끝까지
포기하지 않겠다고 붉게 선언했습니다
당신의 무의식이 체념의 늪에 빠져
생명의 부름켜가 굳을까 봐 난
미친 듯 주무르며 피가 번지고 있을 그
불가측(不可測) 성역의 상처 입은 뇌세포를
내내 두드리며 속삭였습니다
혹여 당신의 영혼을 하느님께서 모르실까 봐
손가락으로 항문을 후빌 때도
목과 아랫배 정수리에 매달린 튜브를 통해
멀건 액체가 들어가고 나올 때도
한 번만 봐달라고 기억해달라고
흐드러진 꽃의 추억 하나하나 끄집어내어
주님의 이름으로 고해바쳤습니다

어느 새벽 통나무의 옹이 같았던 당신의 얼굴이
옴질거리다 눈꺼풀이 스르르 열리던 날
거슴츠레한 당신의 눈을 마주 보며
기쁨에 겨워 온종일 어찌할 줄 몰라
나는 활짝 핀 봉선화처럼 굴었습니다
병실을 찾은 몇 사람의 긴 한숨과 눈빛, 그
절망의 파편들을 봉쇄하며 울화를 삭히다가도
느리고 어눌한 당신의 목소리를 듣고
희미한 미소를 보며 아기처럼 기뻤습니다
한 달 두 달이 가고
일 년이 가고 이 년 삼 년이 지나면서
무너진 기억의 성을 빠짐없이 복구하고
엄마의 자리를 재건하겠다는 재활 투쟁은
지폐 뭉치와 신용카드의 협박으로 전이되어
모래알처럼 살갗에 붙어 사정없이 긁어낼 때도
나는 당신이 무수한 전장을 떠돌다

개선하는 전차가 되어 성으로 돌아오는 꿈을
한순간도 포기하지 않았습니다
어두운 밤 신경외과 병동 계단에 쪼그려
나 좀 도와달라고 벗에게 전화했을 때
수화기 너머로 내 달팽이관을 직격했던
그 희멀건 무심(無心)의 언어들
그 생채기에 꾸역꾸역 찔리다가
졸업 한 학기 남긴 딸아이를 불러 내리고
미친 듯 일감을 만들며 사방팔방으로 뛰었습니다
그리고 밤새 어두운 복도를 서성이다
눈곱만한 폰 자판을 두들기며
생애의 바닥에 쟁여진 회복의 언어들을
끊임없이 쓰고 저장했습니다
이제 터널의 끝을 봅니다
안타까이 날 바라보는 당신의 우울도
뇌병변 장애인의 자책과 염세(厭世)도 이제

저 밝은 곳으로 나가면 굿바이입니다
순정이 빠져나간 자리마다 물신이 할퀴었으나
그럴수록 더 깊고 견고해졌습니다
슬프지 않을 때 슬픔이 멀리 있듯
간절한 소망이 없을 때 기쁨의 빛과 멀어지듯
이제 영혼을 다듬어 고요히
당신을 향해 기쁨의 시를 쓰겠습니다
초록빛 나무와 꽃에 침 뱉으며
가슴이 터져 포기하고 싶었던 그 밤의 절망도
밝아오는 아침이 눈물이었던 시간도
심연을 깨우는 물방울이었음을 배웠으므로
이제 별과 나무의 신비를 만나고
바람에 흔들리지 않는 예지로
기쁨의 시를 쓰며 남은 길 걷겠습니다

밥상

반백 년이 지나도록
아침 밥상에
꽃물의 허기가 켕기는 건
단 한 순간도
먹는 걸 포기하지 않으셨던
내 어머니의 심연을
차린 탓이리라

냉장고를 닦으며

냉장고 문을 열어
당신이 실낱의 목숨 붙든
아득한 시간만큼
칸칸이 가득한 그리움부터
닦기 시작했습니다

또 모르지요
당신이 아끼며 꼭꼭 담아둔
추억들이 얼지 않고 오롯이 남아
어느 날엔가 내 젖은
눈가 뭉게뭉게 어루만질지

부정교합

낡은 목문의 경첩처럼
삶과 언어가 불화로 삐거덕거릴 땐
내 시의 행간을 적셔온
사랑의 종적이 묘연할 때가 있다

아마도 그건
하방의 생애 마디마디마다
먹먹한 비애에 젖어온
부정교합의 기억 탓이리라

밤바다에서

밤바다에서 빛이란 걸리면 즉시 죽이겠다는 살의(殺意)
여서 비늘과 지느러미에 오랜 자유가 각인된 놈일수록 아
가미를 쑤실 때 세차야 한다 그러나 가끔 온몸의 창자가
쏟아지는 듯한 회한에 빠져들 때가 있는데 나는 그렇다
어느 겨울 내 앞에서 피 토하며 쓰러지던 노인의 각혈을
본 후로 붉은 피는 전지전능한 체제에 종살이하는 가장
낮은 곳의 생명을 상징하는 것이거나 혹은 고대 바빌로니
아 신화에 등장하는 어떤 원죄의 원형으로 비수처럼 가슴
에 꽂히기도 한다

난 지금 무얼 죽이려 하는가

비린내에 구역이 날 때쯤
목숨을 볼모로 한
밤의 혐오에 혼절하며

빚

네 단잠은
무수한 불면이 떨군
파리한 이파리일 거야

혹여 네가
안식의 잠자리에서 속삭일 때
누군가에게 진 빚은 없어야겠지

바라건대
순결한 믿음의 빚이 아니라면
어떤 것도 빚지지 말기를

하늘

나도 들 수 있을까
저 시린 하늘에

자물쇠도 열쇠도 없고
메아리뿐인데

환절기

이른 새벽 병실 커튼을 치고
가만히 당신을 껴안았습니다

막 꺼낸 순두부 결의 순정한 슬픔
잔기침하는 당신의 가슴에 손을 얹자
눈물 한 방울 미열의 볼을 타고 흐릅니다

아, 어찌 할 줄 몰라
날 붙들어 지키는 먼지만큼의 희망에
이 목숨 고요히 의탁합니다

정직

신열에 들뜬 적 없으며
어디에고 애착이 없는
부초 같은 손님의 인생에
정직 따위가 뭐겠어
입장료 좀 냈다고 그 만큼의
불평할 권리가 있다니

권력이 아닌 것은
내버려두면 절로 평화로워 져
가만히 두어도 햇빛은
반드시 썩은 건 말리고
산 건 일으키거든

내가 제국의 왕이 되면

그놈 서울서 의대 교수랑 붙었다 이혼했대 멀쩡히 잘살던 놈 서울로 보내 밤마다 꼴리게 한 의료자본의 이혼방조죄만 어디 정치적이겠어 혼자 사니 외롭기도 했겠지 결국 재혼하더니 밴드인가 뭔가 하는 데서 놀다 이태원서 잘나가는 옷가게 동창이랑 또 붙어먹다 헤어졌다 하네 아무튼 오입의 관성 질량은 계급이 아니라 켜켜이 몸으로 쌓은 지성 그 심도(深到)로 세상에 드러나는 법이지

내가 제국의 왕이 되면
소비와 로맨스의 위상편차를 몰라
여기저기 껄떡이며 염치없이 군 놈의
위대한 자유주의 좆부터 가둘 거야
그리고 봄만 되면 무력하게 꽃과 씹하는
이른바 제국의 창의를 상징해온 뭇 시인의
반동적 서정도 압수해버리겠어

그리고 웃기지 마
뭐든 뒤집어 흔들어야 새로워지는 법
있던 대로 두고 꾸미기만 하자는 선무방송의
음험한 전도(傳道)에 길든 체제의 동업자들, 그
좆 대가리마다 120번 사포로 만든 팬티를 입혀
인간의 꿈을 잃고 산 시간만큼
쓰라린 참회에 흠뻑 젖도록
그 벌건 핏물의 권위에 꼭 맞는
절대정신의 실정법을 제정해
자손만대 찬미토록 할 생각이야

별

내 가슴에
그대의 가슴에
녹슬지 않고 반짝이는
단 하나의 별 품고 살다
혹여 헤어지더라도
꼭 다시 만나길

아들아

아들아 중고교 시절 꼬박 엄마 없이 보냈던 네가 아픈 엄마 곁에 누워 밤새 전하던 생명 감각을 보는 기쁨도 끝이겠구나

아빠가 없으면 어느 해 어버이날 네게 선물로 받은 선인장 화분에 누가 물 주며 "오늘 너랑 밥 먹고 싶은데 어때?" 란 말 누가 할까

잠든 얼굴 빤히 쳐다보며 네 자라는 모습 하나도 빠트리지 않고 기억하며 감사 기도를 했던 아빠가 없으면 누가 널 위해 기도하지

보고 싶어 달려간 어느 밤 "뭐든 좋으니 아빠랑 먹고 들어가."라고 기숙사에서 불러내던 아빠가 없으니 누가 그리 보고 싶어 늦은 밤 달려가 널 불러내는지

"시가 너무 거칠어요."라고 아빠 시집을 평하더니 아빠 없으면 넌 어느 시인의 시집을 펼칠지

병원에서

이른 아침 비 내리는 병원은
안타까움으로 북새통이다

절망과 기도가 뒤섞였던 지난밤
헛헛하고 흔들릴 때마다 사랑 하나
바싹 움켜쥐었고 그럴 때마다
가슴팍을 습격하는 기억의 파편은
심장 깊이 박혔고 나는
불가항력의 고립이 아팠다

홀로 흐느끼며
나락의 층층 오르내리면서도
흘러가 보자
그래 흘러가 보자 되뇌었다

어제보단 오늘이 낫겠지

며칠 지나면 숨 쉴 만하겠지

뜨거웠으니
가라앉는다 해도 그저
순종할 뿐

강원도 옥수수

"강온도 오옥쑤수"
"강온도 오옥쑤수 항 개에 처어어 넌"
"처어어어 너언"
어눌한 발음의 확성기 소리에 나가보니
사해(四海)를 헤쳐왔을 늙은 장애인 부부가
한 다라이 삶은 옥수수를 팔고 있다

깅원도 옥수수는
소풍 나온 듯 사는 뭇 경솔을 견디며
남으로 남으로 내려와
수런대는 집 앞 골목까지 와서
저 비틀어진 두 손에
기꺼이 수염을 벗고 있다

일그러진 웃음
하나 더 얹어주는 손

부부의 서늘한 삶에 촉수가 닿자
짐승의 체제에 동의한 연놈들의 아가리에
굵은 옥수수 하나씩 처넣고 싶었다

신호등

자본주의는 부실국가의 표징인 신호등이 나무처럼 거리를 점령해 명령을 남발하는 체제다

민중의 삶과 연동하지 않고 통제의 점령군이 되어 가다 서다 밤낮으로 불심검문 일삼으며 몇 단계의 촘촘한 그물로 새끼부터 성어까지, 맹목(盲目)의 봄 숭어 훑치듯 인간을 가두거나 걸러낸다

스스로 갇히기 원한 자도 뱅충맞게 살며 적당히 비비적거리다 보면 가끔 포만무례한 행복도 찾아오니 체제가 은혜로울 때가 있고, 촘촘한 그물코 뚫고 풍요와 자유의 바다를 헤엄치게 된 자도 느닷없이 먹이사슬의 족쇄를 차고 가시밭길을 걷게 되거나 존재의 비운에 탄식할 때가 있다

학교의 훈육

요람에서 무덤까지, 통제 불능의 자기애와 만성 인격 장애를 가르치는 학교는 오직 사법적 훈육으로만 이루어져

그것 없이는 두 발 뻗고 사는 걸 포기하라는 낙인(烙印)의
신호등

소비의 궁극
신기루 같은 거리에서 하룻밤 웃고 떠들다 패배주의를
껴안고 잠드는 것에 익숙하게 만들며 가끔 이웃의 삶에
한숨 쉬는 척하며 다중(多重) 폭력을 일삼는 체제의 동의
체계 속에 얌전히 살라고 길들이는 신호등

연륜의 허구
직진만 하는 관성에 기생하며 일생을 가속페달만 밟았
던 늙은 허깨비들의 국가론과 그 뜬구름 잡는 입신양명의
그림자, 살아보니 세상 아름다웠노라는 노추(老醜)의 연륜
과 전쟁의 자서전들이 거리를 통제하는 노회한 신호등

흑백색맹

견고한 이념 없이 죽느냐 사느냐, 음과 양 두 가지뿐이라는 흑백색맹의 세계관 중 하나만 옳다는 단순군(單純群)의 단답형 무지와 충동조절장애에 시달리게 하는 집단무의식의 신호등

월경(越境)의 노림수

옆집 처녀 총각의 시시콜콜한 하루를 참견하는 것도 모자라 끝없이 음해하는 불경(不敬)의 태도, 그걸 볼 사람 허락도 없이 전국에 생중계하는 전위 나팔수들의 월경의 신경증, 그 구렁이 같이 주제넘거나 예의 없는 권력의 비릿한 음모를 감춘 신호등

죄인의 신앙

낙타가 바늘귀 들어가는 것만큼 천국행이 어렵다 하면서도 끝임없이 수많은 성구(聖句)를 거리마다 내걸어 공연

144

히 길 가는 사람 죄책을 들먹이거나 죄인의 든든한 백이 되
어 공소(公所)에 가만히 계신 하느님 낯 간질이는 신호등

사랑과 우정
단 한 번도 목숨 걸고 사랑한 적 없으면서 걸핏하면 외
롭네 보고 싶네 사랑합네 읊조리는 사유의 초라한 외피,
하릴없이 자기애가 생산한 인스턴트 지성을 과잉 소비하
며 인간의 심연을 노래하지 못하는 딴따라의 신호등

노래 혹은 시
꽃 진 자리는 반드시 열매 맺는 법이거늘 질퍽이는 노동
의 기세로 일군 불면의 언어가 아니라 꽃타령 사랑타령이
나 하다 금세 시들고 마는, 등 따시고 배부른 자들의 장난
이 만든 신호등

행복 또 행복

이제 도로 맨 끝, 거리엔 '개같이 벌어 개같이 쓰자'는 선
무방송 중, 결단 없는 광장에는 화려한 자유의 반석을 예
찬하고 노는 일에 길들여진 사람들이 외치는, 울면서도 행
복 싸우면서도 행복 오늘도 행복 내일도 행복 짜자잔!

이 그물 헤집으며 살아야 한다
아미질 암페타민 따위로 편두통을 피할 게 아니라
개처럼 살 바엔 탈주해야 한다

독상(獨床)

이른 아침
홀로 밥상 차리다
식탁에 그만
수저 한 벌 더 놓았다

언제부터인가
그리움은
날 점령해버렸다

시집을 읽을 때

가장 슬픈 시
한 편만
가슴에 담도록 해

황홀경의
한 송이 꽃처럼
빛나는 그 슬픔 벗 삼으면
청초한 떨림에서
멀어질 수가 없거든

버립니다

옷을 버립니다
피가 돌고 심장이 뛸 만큼만 먹고 버립니다
유리잔 같은 잠의 여유를 버립니다
밤의 고요와 기도의 정화를 버립니다
절망의 가지 끝에서 깨우치는 걸 버립니다
여문 잎사귀가 되고 싶은 소망을 버립니다
헐벗은 언어가 토할 우주를 버립니다
내 안의 비운을 버립니다

겨울엔 일어나세요

가을이 떠나는 건가요 십일월 끝자락의 바람은 텁텁한 모래먼지 머금은 입안처럼 잠시도 편치 않았던 어젯밤 거처를 찾지 못한 유령의 우울이 바짓가랑이를 헤집었습니다 아, 나는 타는 이파리 날리는 가을이면 그대와 붉은 숲 거닐 수 있을 줄 알았고 산산이 부서진 숙망(宿望) 조심스레 쓸어 담아 다 못한 사랑 나누며 미련도 후회도 없이 감사하며 살 수 있을 거라 생각했습니다

저 붉은 이파리 다 떨어지기 전 그대와 손잡고 도란도란 얘기하며 한적한 호숫가를 거닐 수 있을 거라 믿었고 그런 평화 한 줌 쥘 수 있으리라 믿었습니다 사랑이 다시 올 줄 알았습니다

얼마나 더 울어야 하고 내 기도가 얼마나 더 슬프고 가라앉아야 그대를 가슴으로 영접할 수 있을지 도무지 알 수 없습니다 밤마다 회한과 번민이 머리맡에 찾아와 야금야금 내 사랑 갉아먹는 불면에 시달리다 밤새 하얘진 머

릿속은 터질 듯한 갈증에 바싹바싹 타들어 가기만 합니다

　그대 겨울엔 일어나세요 내게 의지의 여인임을 보여주
세요 두 아이에겐 사랑의 유전자를 전한 엄마이고 늙은
나무의 뿌리보다 더 깊고 넓게 내 영혼의 빈자리를 쓰다
듬던 아내의 자리에 돌아와 날 기다려주세요
　함께 바라보던 호수가 얼어붙어 아무리 돌팔매질해도
내 마음 저 깊은 바닥에 닿지 않는 겨울의 허무가 싫습
니다

　그대, 제발
　겨울엔 일어나세요

순명

그대와 풀밭을 달리는 꿈
졸다가 깼는데
날숨에 뱉는 희멀건 후회에
속절없는 눈물뿐입니다
밖으로 나가 담배를 입에 무니
간밤의 기도가 생각나
순명의 꽃이 활활 탑니다

아, 부디
내 사랑 순결하길

기도

죽음 같은 고독 이기고
가슴 뛰쳐나간 나의 기도

고통과 만나거든 말없이
엎드리게 하소서

시인 김 씨

시인 김 씨가 송도 방파제에서 낚싯대를 휘두를 때 그를
향한 네 개의 시선을 생각한다

1, 불쌍하고 박약한 놈
왜 개미처럼 참되게 몸을 달구지 못하는가
진정 보름달이 밝은 줄 몰랐더냐
단 한 번이라도 무쇠처럼 끓어 보았더냐
의지 없는 것이 아름다웠던 적은 없다
눈곱만한 꽃 한 송이도 미쳐야 핀다는데
백주에 하릴없이 낚시질이 뭐냐
좆은 제때 꼴리며
뒤돌아볼 모가지는 성하냐

2, 삶에 무비(無備)한 룸펜 프롤레타리아
허구한 날 이곳저곳 기웃거리다
짧게는 일주일 길게는 몇 달

하릴없이 게바라다니던 네놈 아니더냐
뼈 빠지게 새끼들 먹여 살려본 적도 없는 놈이
잠자리야 좀 외로운들 어때
최소의 교환을 위해 지폐 몇 장쯤 상비해
생목숨 버리는 짓은 그만두어야지

3. 체제의 문제
한 번도 네게 손 내민 적 없는 것들이
네 무능을 단죄하는 건 주제넘은 짓이라고 봐
누구도 네게 같이 살자 말한 적 없으니
고독한 잠자리에 드리운 숙명을 슬퍼하거나
숙제 안 한 아이처럼 안절부절못할 필요는 없어
창고 가득 양식을 쌓아두고 사는 자들의 동정과
무슨 자선입네 희생입네 하는 언어들이
무능한 시인에겐 얼마나 서늘한 폭력이겠어

4. 사상에 대한 궁금증
시인은 자유주의자여서 당장 배를 곯아도
소소한 충동이나 욕망에서 벗어나 있다고?
자유로운 만큼 아름다울 수 있다고?
관조하는 인생의 표표한 세계라고?
개소리 마라
그따위 치명적인 독성의 언어로
향수 냄새 풍기고 다니는 놈은 적이다
그가 골수 반자본주의자이거나
뼛속까지 견고한 겁탈의 문화에
군말 없이 동의하는 미천한 하층민인지
어떤 사상과도 결합한 적 없는
애잔한 낭인인지는 아무도 모른다

서태지

음악 하나로
세상과 맞선 청년 서태지
그는
꽃잎 지듯 무대를 떠났고
교실 이데아는 해프닝이 되었다
아마 나의 시도 그럴 것이다

각성

고구마 줄거지를 벗겨 데친 후 깨소금 간장을 넣어 접시에 담았다 우적우적 몇 젓가락 집어 먹고 나니 쓰레기만한 봉지다 이 기막히게 정연한 인생의 순서!

댕댕하던 순정이 곰삭아 바동거리다 나는 쓰레기가 되어 허물어졌다 아득한 기억으로 지샌 간밤엔 살았다 죽었다 죽었다 살았다를 계속했다

그리운 이름 하나

강재일(전 건국대 철학과 교수)

시인은 꿈 밭을 일궈 먹고 사는 사람이다. 철부지 아이처럼. 철학가도 마찬가지다. 광인(狂人, 미친 사람)? 그 역시 꿈을 먹고 살기에 이 넷은 한통속이다.

시인과 어린이와 철학가와 광인. 그들의 영혼은 말 그대로 '순수'다. 그래서 길 잃은 아이처럼 헤매기도 하고, 탈레스처럼 물웅덩이에 빠지기도 하며, 때로는 미친 듯 스스로를 태우면서 세상을 여읜 나그네가 되어 어디론가 떠나곤 하는 것이다. 그중에서도 유독 시인은 퇴락한 족속들과의 이별 연습에 몰두한다. 퇴락보다 더 지독한 퇴락을 맛보기도 하면서. 그러면서도 죽지는 않는다. 죽음의 전율 속에서 죽음보다 더 싸늘한 원초의 영혼을 꽃피우고 있는 것이다.

좋은 시(詩)란 인간의 일상생활과 밀접해야 한다. 우리 삶의 의식 깊숙한 곳에 숨겨져 있는 충동이나 소망을, 각성의 눈으로 들춰내어 대중 앞에 끌어다 놓아야 하는 것이다. 그것은 시인의 소명(召命)이기도 하다. 그런 이유로 시인은 독자의 의식을 흔들어 깨우는 일에 소홀해서는 안 된다. 악세(惡世)의 물결을 거스르려는 인간의 심리적 억압에서 해방시켜야 할 당위가 시인에게 있는 것이다.

시인의 눈은 언제나 불타올라야 한다. 깨어 있어야 한다는 의미다, 깨어 있다는 건 '살아 있음'이다. '살아 있음'은 동사가 아닌 형용사의 세계다. 잠자고 있는 기억이나 소망들을 단순히 깨우는 데 그치는 게 아니라, 그것들을 하나하나 불러일으키도록 하는 수단이어야 하기 때문이다.

현생(現生)을 살고 있는 사람들은 어쩔 수 없이 시대의 고통을 감수해야만 한다. 비록 절규로써 그것들이 해소되지 않는다 할지라도 자유로의 이행(移行)을 위해 온몸으로 현실과 부닥치지 않으면 안 된다. 번번이 주저앉을망정 탈근대적 탈주의 몸부림을 멈출 수는 없는 것이다. 그래서 우리는 시인이 아닐지라도 가끔 몽상이나 서정(抒情) 속으로 스스로를 던지곤 한다. 그러다가 자기의 지향점과 일치하지 못할 때는 좌절해버린다.

그러나 시인은 다르다. 몽상과 서정에 몸을 섞되 결코 거기에 빠져서는 안 된다. 스멀스멀 스며들어 온 근대적 주체의 죽음과 냉철하게 맞서야 한다. 현대적 맥락에서 부풀어 오른 그것들을 재조명하고, 그 차가운 그림자랑 마주하여 더 차가운 눈빛으로 맞장을 떠야 하는 것이다. 그 것이 시인의 역할이다.

시인은 언어를 초월한 깨달음으로 참구(懺咎)한다. 그렇다고 형이상학을 추구하는 것은 아니다. 오로지 삶, 그 자체의 현장에서 기호작용을 통해 그것들을 구체화한다. 그 것은 선(禪)과 닮았다. 논리학이나 인식론 따위는 애당초 필요 없다. 논리적인 분석은 갈등만 초래할 뿐, 오직 직관주의적 통찰만이 필요할 따름이다. 그런 의미에서 김일석의 시는 시가 아니다. 오롯한 삶의 현장이다. 아니 시, 그자체로 그냥 '삶'이라 해야 옳다. 그의 리얼리즘은 그래서 질펀한 핏빛이다.

자본주의와 사회주의가 대립하던 80년대. 이상을 꿈꾸며 환호로 맞았던 90년대. 그러나 후기 자본주의는 기술, 문화, 정치와 연대하면서 나날이 그 세력을 키워갔고, 그렇게 커가는 그것들이 차진 몸집을 풍선처럼 부풀리고 있을 때, 그 체제의 맞은편에선 체제의 연대에서 소외된 힘

없는 자들이, 그들만의 몸짓으로 탈근대적 피켓을 들고 뭉게구름처럼 솟아올랐다.

많은 사상가와 지성인들이 역사적 연속성을 전제한 탈주의 상보성을 제시했으나, 그것들은 마냥 사회의 소요(騷擾)적 요소에 그쳤을 뿐, 권세를 쥔 쪽에서는 어느 누구도 제대로 된 관심조차 보여주지 않았었다. 그렇게 철저하게 외면된 힘없는 편에서는 당연히 체제에 냉소할 수밖에. 그런 냉소의 중심에 그는 '초연함'의 팻말을 들고 나타났다. 그러면서 노래한다. 조각조각 나버린 삶의 파편들을 붉디붉은 시어(詩語)로 승화시키면서.

그의 초기 시(詩)는 다분히 냉소적이었다. 지나치게 시니컬해서 보는 이조차 거북할 정도로. 그러나 이젠 다르다. 금속성 예리(銳利)가 많이도 수그러졌다. '냉소'가 '초연함'으로 탈바꿈된 것이다. 성숙일까?

유물론과 범신론적 관점에서는 금욕과 평정을 참구하는 현자를 최고의 선인(善人)으로 본다. 이성과 부동심(不動心)을 동시에 구현하기 때문이다. 아무튼 그의 이러한 변화는 상당히 고무적이다. 끝도 없이 반복되는 현실적 고통을 견디며 얻어낸 이성적 부동심의 결실. 하여, 그의 시를 통해 얻게 되는 평온한 쾌감. 그것은 시, 그 이상의

162

'무엇'이다.

'30년의 투병, 아내가 쓰러진 지 6년, 핍진한 생애, 그 우울의 행간을 위로하는 유일한 휴식이자 투쟁이었던 시.' 그랬다. 그는 중환자실과 일반병실을 오가며 오랜 시간 아내를 간호했다. 자잘한 체념과 소망이 범벅된 나날을 보내면서 악착같이 살아남아야 했던 당위, 이번 시작(詩作)의 확실한 단초는 그 지점이다.

적막한 병원 휴게실에서, 병원 복도에서 밤을 새며 휴대폰의 자판을 두들기며 시를 썼고, 그렇게 시를 쓰는 순간만이 유일한 존재 증명이었으며 삶의 이유였노라고 그는 토로한다. 그리고 그는 체제에 길든, 기질적으로 우아하고 고상한 걸 싫어한다고 고백한다. 뿐만 아니라, 문학이라는 이미지 장치에 생존을 숨기는 행위를 무엇보다도 혐오한단다. 그래선지 그의 시에선 언제나 질펀한 피비린내가 났다. 하지만 이번에는 다르다. 그의 시에서 풍기는 피비린내에서마저도 평화가 느껴지는 것이다. 웬 까닭일까. 아무래도 금욕과 평정을 일상화시킨 현자가 된 까닭이리라.

시집은 3부로 나뉘어 있는데 처음부터 심상찮다. 세상 아름다움의 상징이 '꽃'이 아니던가. 그런데 시인은 어느 봄 흩날리는 그 '꽃'을 확고한 분신(焚身)이라고 한다.

늙은 살가죽 비듬처럼
널브러진 어물전 비늘처럼
꽃잎 뒹군다

단 며칠의 환희를
생애의 상징으로 남기려는
숙명을 향한 심오한 서원

스스로 생명줄 놓아
눈부신 소멸에 가닿으려는
저 확고한 분신

-「꽃잎의 분신」 전문

'분신(焚身)'만큼 처절한 저항이 또 있을까? 분신이란 말 그대로 자기 살을 태우는 것이다. 단 며칠의 환희를 위해 태어났다고 하지만 그 또한 하늘이 내린 숙명. 견딜 만큼 견딘 후에 할 수 있는 일이란 '스스로 생명줄 놓'는 것. 그리곤 '눈부신 소멸'에 닿는 것. 소신(燒盡)!

다 태워 없애버리는 것. 그러나 그에겐 할 일이 많다. 그래서 이를 악물며 '손톱'을 키운다. '복수를 위한 것도 아니면서'.

　　복수할 것도 아니면서
　　손톱이 자란다
　　피의 서사를 잊은 손에서

　　누군가의 조난을 외면했던 손
　　비상과 추락의 경계에서 멈칫댄 손
　　엄폐와 묵언으로 뒷짐 진 손에서

　　손톱이 자란다
　　더딘 슬픔에 길든 채

-「손톱」 전문

　얼마 전까지 세상은 매우 어지러웠다. 그 많은 꽃 같은
생명을 수장(水葬)시켜놓고도 '엄폐와 묵언'으로 '뒷짐 진
손'. 그 손에서도 '손톱'이 자라리라. 하지만 그 손톱은 목
적이 다르다. '누군가의 조난을 외면했던 손'에서 자란 '손
톱'은 갈취를 위한 목적이다. 그러나 '더딘 슬픔에 길든'
손에서 자라는 '손톱'은 자기를 방어할 최대의 무기이며
저항의 상징이었던 것이다. 그렇게 '피의 서사를 잃은' 손

에서 자란 '손톱'으로도 결코 '복수'를 획책하진 않는다.

소슬바람 부는 「횟집에서」 우럭의 자맥질을 보며, 시인은 '참살(斬殺)'을 목격하고, '차벽으로', '물대포로' '분노와 눈물을 가두고 묶'인 거기에서마저 '지리멸렬'의 중심을 세우지 못했음을 회오하며 개돼지임을 자인한다.

넘치는 여유를 주체하지 못하는 네놈들이
체제의 세작과 흥정하며 '위하여!'를 외칠 때
네놈들이 먹고 마시는 모든 걸 세상에 내고도
난 그저 배만 부르면 되는 개돼지였어

바다를 향한 개울의 꿈을 망각한 나는
눈물, 그 심연과 손잡는 법을 놓아버린 나는
하방의 모든 길을 값으로 매기는데 익숙했던 나는
조직과 책임을 팽개치고 세상을 부유했던 나는
내 안의 개량과 습속을 깨부수지 못한 나는
끝내 체제의 종말을 노래하지 않았던 나는

-「나는 개돼지야」 부분

그런 뉘우침과 다짐 뒤에는 분명히 자기를 굳건히 세우려는 신념이 따르는 법, 그래서 '칼날 앞에 홀로 눕고', '영혼에 군내 나지 않도록 철저하게 홀로 익는' 자기 혁명을 시도하는 것일 터. 가난한 시인의 살림살이에 김치가 있는 밥상은 생명의 밥상이었기 때문에 산해진미보다도 시인에겐 '김치'가 제격이었으리. 그런 생명 줄을 질근거리며 시인은 '가을'을 앓는다.

눈물조차 켜켜이 말라
만리장천 휘돌다 떨어진 것들이니
슬픔은 슬픔대로 그냥
날리도록 두면 좋겠다

모서리가 닳고
찢어지고
낡은 것들 모두

-「늦가을 풍경」 부분

모서리가 닳고 찢어지고 버려지고 날리고 떨어지고 오래되고 낡은 것들에 대한 시인의 연민을 딛고 다시 봄이 왔건만, 지난 겨울은 어땠으며, 또 그 기나긴 밤은 어땠을까?

그리 불면의 밤을 수도 없이 보내면서도 부산역 앞 지하다방 '이 여사'로부터 시인은 이 체제가 만든 허깨비 같은 '왜곡된 사랑', 이른바 '연륜'과 '관록'이라는 게 보험과 같은 안전한 장치를 주렁주렁 달고 살아야 했던 체제의 속물적 가치임을 깨닫는다. 물론 시인이 생각하는 순결(純潔)이나 빛보다 지나치게 현실적인 코멘트지만.

오렌지 주스를 들고 와 앉으며 "보험 많이 들어놓으셨지요?"라고 묻길래 "사랑 말고는 보험 든 게 없어요."라고 했더니 "어머, 약관도 없다는 사랑이라는 보험!"이라 했다
함박웃음으로 의중을 낚으려는 늙수그레한 여인 앞에서 일순 할 말을 찾지 못해 막막했다

―「마담 이 여사」 부분

'홍대 앞에서' 시인은 자조(自嘲)와 한탄(恨嘆)의 밤을 밝힌다. 그 화려하고 번잡한 홍대 앞의 어설픔과 카드 한도 내 무던히 쾌락을 좇는 소비문화를 이른바 '프롤레타리아 독재'의 형식으로 싸그리 파괴하지 않고는 다음 세상으로 한걸음도 나아갈 수 없음을 통렬히 자조한다. '홍대 앞에서'는 눈에 띄는 것, 시야에 잡히는 모든 것들이 그에겐 예사롭지가 않다. 시인은 날카롭고 전투적인 언어로 과잉소비를 훈계하지만, 그 소비의 배경엔 화려한 빛의 그늘이 지닌 '눅진눅진한 슬픔'이 늘 배어 있어 '희망'이 정말 가

능한지 몹시 회의적이다.

> 제대로 사랑할 줄 모르면서
> 허구한 날 잔액 확인하며
> 카드 한도 내 무던히 쾌락을 좇은 죄
> 어설픈 '살이'로 일관하다 결국
> 똥고집의 원로가 된 죄
> 볼품없이 쪼글쪼글한 퇴물이 되고 만 죄
> 나중에 다 어떡할래?
>
> -「홍대 앞에서」 부분

'비명'으로 시작된 세월호 연작시는 열두 번째 '복수하는 날'로 끝난다. 시가 끝났다고 복수가 끝나랴? 하긴 그는 복수 자체를 포기했었다. 그래서 자라난 손톱을 밤새워 자르며 노래하지 않았던가. '살아야 하니까.', '눈곱만큼이라도 젖어야 사니까.'

> 투쟁과 도피의 양단이 안 보이는
> 대마가 지루한 몰골인 건
> 아직 죽지 않았기 때문이다
>
> -「착점」 부분

'가진 자의 꽃놀이 패, 그 끊임없는 수모에 수족을 다 바치면서도 적의 심장부 칙짐에 온몸으로 칼을 꽂아야 하는 이유'를 머리론 알지만, 정작 본인은 어쩔 수 없는 현실의 압력에 '울다가 울다가' '실어의 닻'을 올리며 바다로 흘러간다. 그리고 '알아서 길 건지 일어나 달릴 건지.', 자문자답만을 하며 지쳐버린 일상의 자잘한 것들은 놓더라도 삶의 분명한 깃대 하나는 꼭 붙들고 살겠다는 의지가 시인을 이끌고 있다.

'불꽃이 되어' '뒷골목의 질펀한 향락과 배설을 낭만이라 묘사하는 개새끼들을 향해' '어떤 엄숙도 교양도 찢어발겨야 한다'고 목소리를 높이며 시야말로 시인의 유일한 무기임을 고백한다. 하지만 어디로 떠나랴. 내 삶의 뿌리가 여기인걸.

> 속절없이 꽃이 핀들
> 어디고 떠날 수 없는 식물의 삶
> 만난(萬難)이 여기였으니
> 내 마지막 기도도 여기
>
> ―「식물의 삶」 부분

그래서 말문을 닫는다. 옹색한 분(盆)에 뭉개고 앉은 나무처럼. 오랜 고난을 견디며 여태 무너지지 않고 살아왔지만, 생의 마지막 순간까지 고난일 거라며 자신이 한곳에 뿌리를 내린 식물의 삶임을 서럽게 고백하고 있다.

그러는 한편, '내 안의 당신이 내 안에서 무너지지 않도록' 음모를 꾸미면서, 직접 몸으로 체득하면서 헤쳐 온 그 '고해(苦海)'만큼은 어찌할 수 없었노라고 '생애의 모퉁이마다' 몸의 언어로 하소연한다.

불붙은 나뭇등걸이 되어
그대를 향해 뿌리 뻗었으나
내 사랑 가닿는 곳마다 훨훨 타올라
노상 폐허가 되었다

생애 마지막 영토이리라
그대에게 바치는
내 사랑이 소진한 눈물의 자취
그 붉은 폐허는.

-「붉은 폐허」 부분

'붉은 폐허'는 시집의 제목이다. 여태 아픈 아내와 살며

만났던 고난의 결과는 언제나 폐허였거늘 그곳이 결국 마지막 영토일 거라니. 싸우고 또 싸우고 견디고 또 견뎠을 시인의 영토가 '그대에게 바치는', '내 사랑이 소진한 눈물의 자취'인 붉은 폐허는 어떤 세속적 표현보다 핏빛 선명한 그의 생애를 집약한 언어이다.

'그대 머리맡에 울컥울컥 번질 한 방울 한 방울의 지독한 그리움'을 담아 쓴 편지, 그리곤 '그대 잠들기 전 아련한 성지에 부치고' 싶은 애절한 심정, 아마도 이는 '붉은 폐허'의 핵(核)이리라. 걸음새 뜬 소처럼 뚜벅뚜벅 걸으며 '슬픔의 저면을 지키'면서도 단 한 번의 후회도 없었다는, '삶의 팔 할이 눈물이었지만 그대는 나의 빛나는 시였다'는 말을 어이 거역할 수 있으랴.

'밤마다 이념의 우물과 매음을 그려' 놓고 '뼈도 없이 견뎌온 세월, 그 얼마나 찢겼던가 싶어' 오징어를 씹으며 '시인의 덕목'이 뭘까를 고민하다 마침내 「순종」 앞에 무릎을 꿇는다.

제2부에서 본, 시인의 꽤나 낯선 호흡은 3부에서 슬픔으로, 눈물로 형질이 변하는데 첫 시가 「기쁨의 시」다. 이 무슨 아이러니란 말인가.

'흐드러진 꽃의 추억 하나하나 끄집어내어 주님의 이름

으로' 고해바치며 '무수한 전장을 떠돌다 개선하는 전차가 되어 성으로 돌아오는 꿈'이란 대목에서, 여태 꿈을 포기하지 않은 의지이며 생애의 바닥에 쟁여진 회복의 언어들을 끊임없이 쓰고 저장해온 시인의 일상을 본다. 시인의 혈관을 타고 흐르는 극한의 리얼리즘과 고난의 미학(美學)을 정면으로 마주보는 듯 섬뜩하다.

'가슴이 터져 포기하고 싶었던 그 밤의 절망도 밝아오는 아침이 눈물이었던 시간도 심연을 깨우는 물방울이었음을 배웠으므로' '바람에 흔들리지 않는 예지로 기쁨의 시를 쓰며 남은 길 걷겠'노라 다짐하는 대목에서, 그의 치열한 현실 감각, 삶과 문학의 목적성(目的性)을 보게 된다.

아내는 남편의 분신이다. 그래서 앉으나 서나 아내 생각뿐이다. 하물며 '실낱의 목숨'과 씨름하는 아내에 대한 그리움이며 사랑이야 더 무슨 설명이 필요하랴.

바라건대
순결한 믿음의 빚이 아니라면
어떤 것도 빚지지 말기를

－「빚」 부분

시인은 순정한 사랑으로 점점 단호해진다. 결기를 느끼게 하는 그의 외침은 하늘에 메아리로 울리고, 그는 비로소 제국의 왕을 꿈꾼다. 힘이 필요한 소이연(所以然). 세상은 힘 있는 자만이 군림하도록 틀지어졌다.

내가 제국의 왕이 되면
소비와 로맨스의 위상편차를 몰라
여기저기 껄떡이며 염치없이 군 놈의
위대한 자유주의 좆부터 가둘 거야
그리고 봄만 되면 무력하게 꽃과 씹하는
이른바 제국의 창의를 상징해온 뭇 시인의
반동적 서정도 압수해버리겠어

-「내가 제국의 왕이 되면」 부분

'권력이 아닌 것은 내버려두면 절로 평화로워'진다고 하는 「정직」한 이치를 깨달은 시인은 지극한 민중주의자(民衆主義者)이면서 동시에 '그대나 내 가슴에 녹슬지 않고 반짝이는 별' 하나를 닮고 싶어 하는 순혈주의자(純血主義者)이다. 그래서 '나락의 층층을 오르내리며 홀로 흐느끼다가도 때로는 숨죽인 기도를 올리곤 하는 것이다.

죽음 같은 고독 이기고
가슴 뛰쳐나간 나의 기도

고통과 만나거든 말없이
엎드리게 하소서

-「기도」 전문

오랜 세월 투병을 계속하는, 아내가 없는 부재의 공간이
주는 외로움과 허무를 그는 끼니때마다 느낀다. 이른 아
침 밥상을 차리다 우연히 수저 한 벌을 더 놓고는 헛헛하
게 웃는 모습은 몹시 아리고 슬픈 풍경이다. 그리움이 점
령해버린 밥상. 그 밥상에 홀로 앉아 '혼밥'을 먹는 모습.
그 모습이 섧다.

가장 슬픈 시
한 편만
가슴에 담도록 해

황홀경의
한 송이 꽃처럼
빛나는 그 슬픔 벗 삼으면

청초한 떨림에서
멀어질 수가 없거든

-「시집을 읽을 때」 전문

시편(詩篇)들 중 '가장 슬픈 시가 주는 청초한 떨림'을 전하고 싶은 시인의 소박한 바람, 어쩌면 소년과도 같은 그의 문학정신(文學精神)을 이 짧은 시로 발견하게 된 듯하다. 단순하게 툭툭 건드리고 뒤집어보고 때리고 찢고 분노하고 사랑하고 슬퍼하는 시인의 섬뜩한 직설(直說)과 은유(隱喻)의 세계를.

시집의 마지막에 배치한 「시인 김 씨」는 자조(自嘲)에 가까운 분노이며 체제에 대한 절망이자 각성(覺醒)이다. 불쌍하고 박약한 놈, 삶에 무비(無備)한 룸펜 프롤레타리아, 체제의 문제, 사상에 대한 궁금증으로 해부한 한편의 자서전(自敍傳)이다. '기막히게 정연한 인생의 순서!'에 대한 뒤늦은 깨달음, 무수한 길을 돌고 돌아 이제야 도달한 곳이다.

그런데 그게 끝일까? 아닐 것이다. 그의 삶이 지속되는 한 삶속의 치열함 또한 지속될 것이다. 단순한 각성 하나로 끝날 삶이 결코 아니니까 말이다.

이번 시집에서는 도무지 긴장의 끈을 놓을 수가 없다. 잠시만 딴전을 피게 되면 언제라도 화자의 의도와는 상관없이 모든 시어(詩語)들이 파편으로 흩어져버릴 것 같은 두려움 때문이다. 그건 그만큼 암울했었고, 그 암울함을 떨치기 위해 얼마나 그의 삶 자체를 쥐어뜯고 치열했었던가를 시문(詩文) 하나하나에서 읽을 수 있었음을 깨친 결과다. 그러나 이제는 내려놓으라고 권하고 싶다. 그리운 이름 하나쯤 내려놓을 줄도 알아야 하지 않겠는가. 그만큼 시달리고 시달렸으니. 홀로서기도 버거운 세상에 중환자인 아내와 가족까지 봉양해야 할 가장의 임무만으로도 그는 지나치게 지쳐 있다.

어느 정도 세상이 바뀌었다. 더 구체적이고 절실한 담론들에 귀 기울이며 개념적 사유의 울타리에서 벗어나야 할 때가 도래한 것이다. 눈부시게 아름다운 나날은 아닐지라도 감성적 음표에만 옭매여 살기엔 너무 억울하지 않은가.

신체와 언어 사이에 존재하는 기호. 거기에도 이젠 「프랑수아 자콥」의 '생명의 논리'를 채워 넣자. 그래야만 제대로 된 물음에 제대로 된 답을 내놓을 수 있을 것이다. "인간이란 무엇인가?" 보다는 "인간은 누구인가?"라 묻고, 그 물음에 대한 답은 "어떻게 살아 왔는가?"라 되묻는

식으로.

　하루하루 버텨온 눈물의 행적을 역사적 지평에서 탐구해 들어간다면 필시 여생은 순탄하리라. 서푼어치도 안 되는 소인배들과 아옹다옹하면서 한 살 두 살 늙어간다는 건 정말이지 소름 돋는 일 아니겠는가. 단지 타고난 기질이나 성정, 본능 같은 것이 원인이라서, 어쩔 수 없이 추구해온 가치였다면 그 자체로도 이미 순수와 자유와 정의로 기억될 것임이 분명할진저.

붉은 폐허

초판 1쇄 발행 2017년 9월 25일

지은이 김일석
펴낸이 강수걸
기획 이수현
편집장 권경옥
편집 정선재 윤은미 박하늘바다 김향남
디자인 권문경 조은비
펴낸곳 산지니
등록 2005년 2월 7일 제333-3370000251002005000001호
주소 부산시 해운대구 수영강변대로 140 BCC 613호
전화 051-504-7070 | 팩스 051-507-7543
홈페이지 www.sanzinibook.com
전자우편 sanzini@sanzinibook.com
블로그 http://sanzinibook.tistory.com

ISBN 978-89-6545-442-7 03810